Le Papa de Simon

et autres nouvelles

© 2015, Éditions Auzou
24-32 rue des Amandiers, 75020 PARIS

Direction générale : Gauthier Auzou ; Responsable éditoriale : Maya Saenz-Arnaud
Assistante éditoriale : Emeline Trembleau
Création graphique : Alice Nominé
Responsable fabrication : Jean-Christophe Collett ; Fabrication : Abella Lang

Guy de Maupassant

Le Papa de Simon

et autres nouvelles

AUZOU *classiques*

• Sommaire •

Le Papa de Simon

Le Papa de Simon *a paru dans la revue* La Réforme politique, littéraire, philosophique, scientifique et économique *du 1ᵉʳ décembre 1879, puis dans* La Maison Tellier *en 1881.*

Midi finissait de sonner[1]. La porte de l'école s'ouvrit, et les gamins se précipitèrent en se bousculant pour sortir plus vite. Mais au lieu de se disperser rapidement et de rentrer dîner[2], comme ils le faisaient chaque jour, ils s'arrêtèrent à quelques pas, se réunirent par groupes et se mirent à chuchoter.

C'est que, ce matin-là, Simon, le fils de la Blanchotte, était venu à la classe pour la première fois.

Tous avaient entendu parler de la Blanchotte dans leurs familles ; et quoiqu'on lui fît bon accueil en public, les mères la traitaient entre elles avec une sorte de compassion un peu méprisante qui avait gagné les enfants sans qu'ils sussent du tout pourquoi.

Quant à Simon, ils ne le connaissaient pas, car il ne sortait jamais et il ne galopinait[3] point avec eux dans les rues du village ou sur les bords de la rivière. Aussi ne

---

1. *C'est l'église du village qui sonnait les heures.*

2. *Signifiait autrefois « déjeuner ».*

3. *Vient de « galopin », se comporter comme un enfant qui fait des bêtises.*

l'aimaient-ils guère ; et c'était avec une certaine joie, mêlée d'un étonnement considérable, qu'ils avaient accueilli et qu'ils s'étaient répété l'un à l'autre cette parole dite par un gars de quatorze ou quinze ans qui paraissait en savoir long tant il clignait finement des yeux :

« Vous savez... Simon... eh bien, il n'a pas de papa. »

Le fils de la Blanchotte parut à son tour sur le seuil de l'école.

Il avait sept ou huit ans. Il était un peu pâlot, très propre, avec l'air timide, presque gauche.

Il s'en retournait chez sa mère quand les groupes de ses camarades, chuchotant toujours et le regardant avec les yeux malins et cruels des enfants qui méditent un mauvais coup, l'entourèrent peu à peu et finirent par l'enfermer tout à fait. Il restait là, planté au milieu d'eux, surpris et embarrassé, sans comprendre ce qu'on allait lui faire. Mais le gars qui avait apporté la nouvelle, enorgueilli[1] du succès obtenu déjà, lui demanda :

« Comment t'appelles-tu, toi ? »

Il répondit :

« Simon.

— Simon quoi ? » reprit l'autre.

L'enfant répéta tout confus :

« Simon. »

---

1. *Qui se vante.*

Le gars lui cria :

« On s'appelle Simon quelque chose... c'est pas un nom ça... Simon. »

Et lui, prêt à pleurer, répondit pour la troisième fois :

« Je m'appelle Simon. »

Les galopins se mirent à rire. Le gars triomphant éleva la voix :

« Vous voyez bien qu'il n'a pas de papa. »

Un grand silence se fit. Les enfants étaient stupéfaits par cette chose extraordinaire, impossible, monstrueuse, – un garçon qui n'a pas de papa – ; ils le regardaient comme un phénomène, un être hors de la nature, et ils sentaient grandir en eux ce mépris, inexpliqué jusque-là, de leurs mères pour la Blanchotte.

Quant à Simon, il s'était appuyé contre un arbre pour ne pas tomber ; et il restait comme atterré par un désastre irréparable. Il cherchait à s'expliquer. Mais il ne pouvait rien trouver pour leur répondre, et démentir cette chose affreuse qu'il n'avait pas de papa. Enfin, livide, il leur cria à tout hasard :

« Si, j'en ai un.

— Où est-il ? » demanda le gars.

Simon se tut ; il ne savait pas. Les enfants riaient, très excités ; et ces fils des champs, plus proches des bêtes, éprouvaient ce besoin cruel qui pousse les poules d'une basse-cour à achever l'une d'entre elles aussitôt qu'elle est blessée. Simon avisa tout à coup un petit voisin, le fils d'une veuve, qu'il avait toujours vu, comme lui-même, tout seul avec sa mère.

« Et toi non plus, dit-il, tu n'as pas de papa.

— Si, répondit l'autre, j'en ai un.

— Où est-il ? riposta Simon.

— Il est mort, déclara l'enfant avec une fierté superbe, il est au cimetière, mon papa. »

Un murmure d'approbation courut parmi les garnements, comme si ce fait d'avoir son père mort au cimetière eût grandi leur camarade pour écraser cet autre qui n'en avait point du tout. Et ces polissons, dont les pères étaient, pour la plupart, méchants, ivrognes, voleurs et durs à leurs femmes, se bousculaient en se serrant de plus en plus, comme si eux, les légitimes, eussent voulu étouffer dans une pression celui qui était hors-la-loi.

L'un, tout à coup, qui se trouvait contre Simon, lui tira la langue d'un air narquois et lui cria :

« Pas de papa ! pas de papa ! »

Simon le saisit à deux mains aux cheveux et se mit à lui cribler[1] les jambes de coups de pieds, pendant qu'il lui mordait la joue cruellement. Il se fit une bousculade énorme. Les deux combattants furent séparés, et Simon se trouva frappé, déchiré, meurtri, roulé par terre, au milieu

---

1. *Bombarder de coups en continu.*

du cercle des galopins qui applaudissaient. Comme il se relevait, en nettoyant machinalement avec sa main sa petite blouse toute sale de poussière, quelqu'un lui cria :

« Va le dire à ton papa. »

Alors il sentit dans son cœur un grand écroulement. Ils étaient plus forts que lui, ils l'avaient battu, et il ne pouvait point leur répondre, car il sentait bien que c'était vrai qu'il n'avait pas de papa. Plein d'orgueil, il essaya pendant quelques secondes de lutter contre les larmes qui l'étranglaient. Il eut une suffocation, puis, sans cris, il se mit à pleurer par grands sanglots qui le secouaient précipitamment.

Alors une joie féroce éclata chez ses ennemis, et naturellement, ainsi que les sauvages dans leurs gaietés terribles, ils se prirent par la main et se mirent à danser en rond autour de lui, en répétant comme un refrain : « Pas de papa ! pas de papa ! »

Mais Simon tout à coup cessa de sangloter. Une rage l'affola[1]. Il y avait des pierres sous ses pieds ; il les ramassa et, de toutes ses forces, les lança contre ses bourreaux. Deux ou trois furent atteints et se sauvèrent en criant ; et il avait l'air tellement formidable[2] qu'une panique eut lieu parmi les autres. Lâches, comme l'est toujours la foule devant un

---

1. *Le rendit fou.*

2. *Furieux.*

homme exaspéré, ils se débandèrent[1] et s'enfuirent.

Resté seul, le petit enfant sans père se mit à courir vers les champs, car un souvenir lui était venu qui avait amené dans son esprit une grande résolution. Il voulait se noyer dans la rivière.

Il se rappelait en effet que, huit jours auparavant, un pauvre diable[2] qui mendiait sa vie s'était jeté dans l'eau parce qu'il n'avait plus d'argent. Simon était là lorsqu'on le repêchait ; et le triste bonhomme, qui lui semblait ordinairement lamentable, malpropre et laid, l'avait alors frappé par son air tranquille, avec ses joues pâles, sa longue barbe mouillée et ses yeux ouverts, très calmes. On avait dit alentour : « Il est mort. » Quelqu'un avait ajouté : « Il est bien heureux maintenant. » Et Simon voulait aussi se noyer parce qu'il n'avait pas de père, comme ce misérable qui n'avait pas d'argent.

Il arriva tout près de l'eau et la regarda couler. Quelques poissons folâtraient[3], rapides, dans le courant clair, et, par moments, faisaient un petit bond et happaient des mouches voltigeant à la surface. Il cessa de pleurer pour les voir, car leur manège l'intéressait beaucoup. Mais, parfois, comme dans les accalmies d'une tempête passent

---

1. S'éparpillèrent dans le désordre.

2. Un homme misérable.

3. Ici, synonyme de « jouaient ».

tout à coup de grandes rafales de vent qui font craquer les arbres et se perdent à l'horizon, cette pensée lui revenait avec une douleur aiguë : « Je vais me noyer parce que je n'ai point de papa. »

Il faisait très chaud, très bon. Le doux soleil chauffait l'herbe. L'eau brillait comme un miroir. Et Simon avait des minutes de béatitude, de cet alanguissement[1] qui suit les larmes, où il lui venait de grandes envies de s'endormir là, sur l'herbe, dans la chaleur.

Une petite grenouille verte sauta sous ses pieds. Il essaya de la prendre. Elle lui échappa. Il la poursuivit et la manqua trois fois de suite. Enfin il la saisit par l'extrémité de ses pattes de derrière et il se mit à rire en voyant les efforts que faisait la bête pour s'échapper. Elle se ramassait sur ses grandes jambes, puis, d'une détente brusque, les allongeait subitement, roides[2] comme deux barres ; tandis que, l'œil tout rond avec son cercle d'or, elle battait l'air de ses pattes de devant qui s'agitaient comme des mains. Cela lui rappela un joujou fait avec d'étroites planchettes de bois clouées en zigzag les unes sur les autres, qui, par un mouvement semblable, conduisaient l'exercice de petits soldats piqués dessus. Alors, il pensa à sa maison, puis à sa mère, et, pris d'une grande tristesse, il recommença à

---

1. Ici, synonyme de « faiblesse ».
2. Vieux français de « raides ».

pleurer. Des frissons lui passaient dans les membres ; il se mit à genoux et récita sa prière comme avant de s'endormir. Mais il ne put l'achever, car des sanglots lui revinrent si pressés, si tumultueux, qu'ils l'envahirent tout entier. Il ne pensait plus ; il ne voyait plus rien autour de lui et il n'était occupé qu'à pleurer.

Soudain, une lourde main s'appuya sur son épaule et une grosse voix lui demanda :

« Qu'est-ce qui te fait donc tant de chagrin, mon bonhomme ? »

Simon se retourna. Un grand ouvrier qui avait une barbe et des cheveux noirs tout frisés le regardait d'un air bon. Il répondit avec des larmes plein les yeux et plein la gorge :

« Ils m'ont battu... parce que... je... je... n'ai pas... de papa... pas de papa...

— Comment, dit l'homme en souriant, mais tout le monde en a un. »

L'enfant reprit péniblement au milieu des spasmes[1] de son chagrin :

« Moi... moi... je n'en ai pas. »

Alors l'ouvrier devint grave ; il avait reconnu le fils de la Blanchotte, et, quoique nouveau dans le pays, il savait vaguement son histoire.

---

1. *Ici, synonyme de « tremblements » ou « frissons ».*

« Allons, dit-il, console-toi, mon garçon, et viens-t'en avec moi chez ta maman. On t'en donnera... un papa. »

Ils se mirent en route, le grand tenant le petit par la main, et l'homme souriait de nouveau, car il n'était pas fâché de voir cette Blanchotte, qui était, contait-on, une des plus belles filles du pays ; et il se disait peut-être, au fond de sa pensée, qu'une jeunesse qui avait failli pouvait bien faillir encore.

Ils arrivèrent devant une petite maison blanche, très propre.

« C'est là », dit l'enfant, et il cria : « Maman ! »

Une femme se montra, et l'ouvrier cessa brusquement de sourire, car il comprit tout de suite qu'on ne badinait plus avec cette grande fille pâle qui restait sévère sur sa porte, comme pour défendre à un homme le seuil de cette maison où elle avait été déjà trahie par un autre. Intimidé et sa casquette à la main, il balbutia :

« Tenez, madame, je vous ramène votre petit garçon qui s'était perdu près de la rivière. »

Mais Simon sauta au cou de sa mère et lui dit en se remettant à pleurer :

« Non, maman, j'ai voulu me noyer, parce que les autres m'ont battu... m'ont battu... parce que je n'ai pas de papa. »

Une rougeur cuisante[1] couvrit les joues de la jeune femme, et, meurtrie jusqu'au fond de sa chair, elle embrassa son enfant avec violence pendant que des larmes rapides lui coulaient sur la figure. L'homme ému restait là, ne sachant comment partir. Mais Simon soudain courut vers lui et lui dit :

« Voulez-vous être mon papa ? »

Un grand silence se fit. La Blanchotte, muette et torturée de honte, s'appuyait contre le mur, les deux mains sur son cœur. L'enfant, voyant qu'on ne lui répondait point, reprit :

« Si vous ne voulez pas, je retournerai me noyer. »

L'ouvrier prit la chose en plaisanterie et répondit en riant :

« Mais oui, je veux bien.

— Comment est-ce que tu t'appelles, demanda alors l'enfant, pour que je réponde aux autres quand ils voudront savoir ton nom ?

— Philippe », répondit l'homme.

Simon se tut une seconde pour bien faire entrer ce nom-là dans sa tête, puis il tendit les bras, tout consolé, en disant :

« Eh bien ! Philippe, tu es mon papa. »

L'ouvrier, l'enlevant de terre, l'embrassa brusquement

---

1. *Qui apporte une chaleur intense.*

sur les deux joues, puis il s'enfuit très vite à grandes enjambées.

Quand l'enfant entra dans l'école, le lendemain, un rire méchant l'accueillit ; et à la sortie, lorsque le gars voulu recommencer, Simon lui jeta ces mots à la tête, comme il aurait fait d'une pierre :

« Il s'appelle Philippe, mon papa. »

Des hurlements de joie jaillirent de tous les côtés :

« Philippe qui ?... Philippe quoi ?... Qu'est-ce que c'est que ça, Philippe ?... Où l'as-tu pris ton Philippe ? »

Simon ne répondit rien ; et, inébranlable dans sa foi[1], il les défiait de l'œil, prêt à se laisser martyriser plutôt que de fuir devant eux. Le maître d'école le délivra et il retourna chez sa mère.

Pendant trois mois, le grand ouvrier Philippe passa souvent auprès de la maison de la Blanchotte et, quelquefois, il s'enhardissait[2] à lui parler lorsqu'il la voyait cousant auprès de sa fenêtre. Elle lui répondait poliment, toujours grave, sans rire jamais avec lui, et sans le laisser entrer chez elle. Cependant, un peu fat[3], comme tous les hommes, il s'imagina qu'elle était souvent plus rouge que de coutume lorsqu'elle causait avec lui.

---

1. *Qui est certain de ses convictions.*

2. *Qui se donne de l'assurance pour tenter une action.*

3. *Prétentieux.*

Mais une réputation tombée est si pénible à refaire et demeure toujours si fragile, que, malgré la réserve ombrageuse[1] de la Blanchotte, on jasait déjà dans le pays.

Quant à Simon, il aimait beaucoup son nouveau papa et se promenait avec lui presque tous les soirs, la journée finie. Il allait assidûment à l'école et passait au milieu de ses camarades fort digne, sans leur répondre jamais.

Un jour, pourtant, le gars qui l'avait attaqué le premier lui dit :

« Tu as menti, tu n'as pas un papa qui s'appelle Philippe.

— Pourquoi ça ? » demanda Simon très ému.

Le gars se frottait les mains. Il reprit :

« Parce que si tu en avais un, il serait le mari de ta maman. »

Simon se troubla devant la justesse de ce raisonnement, néanmoins il répondit :

« C'est mon papa tout de même.

— Ça se peut bien, dit le gars en ricanant, mais ce n'est pas ton papa tout à fait. »

Le petit à la Blanchotte courba la tête et s'en alla rêveur du côté de la forge au père Loizon, où travaillait Philippe.

---

1. Signifie « méfiante ».

Cette forge était comme ensevelie sous des arbres. Il y faisait très sombre ; seule, la lueur rouge d'un foyer formidable éclairait par grands reflets cinq forgerons aux bras nus qui frappaient sur leurs enclumes avec un terrible fracas. Ils se tenaient debout, enflammés comme des démons, les yeux fixés sur le fer ardent qu'ils torturaient ; et leur lourde pensée montait et retombait avec leurs marteaux.

Simon entra sans être vu et alla tout doucement tirer son ami par la manche. Celui-ci se retourna. Soudain le travail s'interrompit, et tous les hommes regardèrent, très attentifs. Alors, au milieu de ce silence inaccoutumé, monta la petite voix frêle de Simon.

« Dis donc, Philippe, le gars à la Michaude m'a conté tout à l'heure que tu n'étais pas mon papa tout à fait.

— Pourquoi ça ? » demanda l'ouvrier.

L'enfant répondit avec toute sa naïveté :

« Parce que tu n'es pas le mari de maman. »

Personne ne rit. Philippe resta debout, appuyant son front sur le dos de ses grosses mains que supportait le manche de son marteau dressé sur l'enclume. Il rêvait. Ses quatre compagnons le regardaient et, tout petit entre ces géants, Simon, anxieux, attendait. Tout à coup, un des forgerons, répondant à la pensée de tous, dit à Philippe :

« C'est tout de même une bonne et brave fille que la Blanchotte, et vaillante et rangée malgré son malheur, et qui serait une digne femme pour un honnête homme.

— Ça, c'est vrai », dirent les trois autres.

L'ouvrier continua :

« Est-ce sa faute, à cette fille, si elle a failli ? On lui avait promis mariage, et j'en connais plus d'une qu'on respecte bien aujourd'hui et qui en a fait tout autant.

— Ça, c'est vrai », répondirent en chœur les trois hommes.

Il reprit :

« Ce qu'elle a peiné, la pauvre, pour élever son gars toute seule, et ce qu'elle a pleuré depuis qu'elle ne sort plus que pour aller à l'église, il n'y a que le bon Dieu qui le sait.

— C'est encore vrai », dirent les autres.

Alors on n'entendit plus que le soufflet qui activait le feu du foyer. Philippe, brusquement, se pencha vers Simon :

« Va dire à ta maman que j'irai lui parler ce soir. »

Puis il poussa l'enfant dehors par les épaules.

Il revint à son travail et, d'un seul coup, les cinq marteaux retombèrent ensemble sur les enclumes. Ils battirent ainsi le fer jusqu'à la nuit, forts, puissants, joyeux comme des marteaux satisfaits. Mais, de même que le bourdon d'une cathédrale résonne dans les jours de fête au-dessus du tintement des autres cloches, ainsi le marteau de Philippe, dominant le fracas des autres, s'abattait de seconde en seconde avec un vacarme assourdissant. Et lui, l'œil allumé, forgeait passionnément, debout dans les étincelles.

Le ciel était plein d'étoiles quand il vint frapper à la porte de la Blanchotte. Il avait sa blouse des dimanches, une chemise fraîche et la barbe faite. La jeune femme se montra sur le seuil et lui dit d'un air peiné :

« C'est mal de venir ainsi la nuit tombée, monsieur Philippe. »

Il voulut répondre, balbutia et resta confus devant elle.

Elle reprit :

« Vous comprenez bien pourtant qu'il ne faut plus que l'on parle de moi. »

Alors, lui, tout à coup :

« Qu'est-ce que ça fait, dit-il, si vous voulez être ma femme ! »

Aucune voix ne lui répondit, mais il crut entendre dans l'ombre de la chambre le bruit d'un corps qui s'affaissait. Il entra bien vite ; et Simon, qui était couché dans son lit, distingua le son d'un baiser et quelques mots que sa mère murmurait bien bas. Puis, tout à coup, il se sentit enlevé dans les mains de son ami, et celui-ci, le tenant au bout de ses bras d'hercule[1], lui cria :

« Tu leur diras, à tes camarades, que ton papa c'est Philippe Remy, le forgeron, et qu'il ira tirer les oreilles à

---

1. *Fait référence au dieu de la mythologie romaine Hercule qui possédait une force incroyable et qui maîtrisait entre autres le feu, comme Philippe, le forgeron.*

tous ceux qui te feront du mal. »

Le lendemain, comme l'école était pleine et que la classe allait commencer, le petit Simon se leva, tout pâle et les lèvres tremblantes :

« Mon papa, dit-il d'une voix claire, c'est Philippe Remy, le forgeron, et il a promis qu'il tirerait les oreilles à tous ceux qui me feraient du mal. »

Cette fois, personne ne rit plus, car on le connaissait bien ce Philippe Remy, le forgeron, et c'était un papa, celui-là, dont tout le monde eût été fier.

Aux champs

Aux champs *a paru dans la revue* Le Gaulois *du 31 octobre 1882, puis dans les* Contes de la Bécasse, *en 1883.*

À Octave Mirbeau.

Les deux chaumières étaient côte à côte, au pied d'une colline, proches d'une petite ville de bains[1]. Les deux paysans besognaient dur sur la terre inféconde pour élever tous leurs petits. Chaque ménage en avait quatre. Devant les deux portes voisines, toute la marmaille grouillait du matin au soir. Les deux aînés avaient six ans et les deux cadets quinze mois environ ; les mariages, et ensuite les naissances, s'étaient produites à peu près simultanément dans l'une et l'autre maison.

Les deux mères distinguaient à peine leurs produits dans le tas ; et les deux pères confondaient tout à fait. Les huit noms dansaient dans leur tête, se mêlaient sans cesse ; et, quand il fallait en appeler un, les hommes souvent en criaient trois avant d'arriver au véritable.

La première des deux demeures, en venant de la

---

1. *Ville dont l'eau a des propriétés curatives et où l'on prend des « bains »
pour se soigner.*

station d'eaux de Rolleport, était occupée par les Tuvache, qui avaient trois filles et un garçon ; l'autre masure abritait les Vallin, qui avaient une fille et trois garçons.

Tout cela vivait péniblement de soupe, de pommes de terre et de grand air. À sept heures, le matin, puis à midi, puis à six heures, le soir, les ménagères réunissaient leurs mioches pour donner la pâtée, comme des gardeurs d'oies assemblent leurs bêtes. Les enfants étaient assis, par rang d'âge, devant la table en bois, vernie par cinquante ans d'usage. Le dernier moutard avait à peine la bouche au niveau de la planche. On posait devant eux l'assiette creuse pleine de pain molli dans l'eau où avaient cuit les pommes de terre, un demi-chou et trois oignons ; et toute la ligne mangeait jusqu'à plus faim. La mère empâtait[1] elle-même le petit. Un peu de viande au pot-au-feu, le dimanche, était une fête pour tous ; et le père, ce jour-là, s'attardait au repas en répétant : « Je m'y ferais bien tous les jours. »

Par un après-midi du mois d'août, une légère voiture s'arrêta brusquement devant les deux chaumières, et une jeune femme, qui conduisait elle-même, dit au monsieur assis à côté d'elle :

« Oh regarde, Henri, ce tas d'enfants ! Sont-ils jolis, comme ça, à grouiller dans la poussière ! »

---

1. Synonyme d'« engraissait », comme on le ferait avec une volaille.

L'homme ne répondit rien, accoutumé à ces admirations qui étaient une douleur et presque un reproche pour lui.

La jeune femme reprit :

« Il faut que je les embrasse ! Oh ! comme je voudrais en avoir un, celui-là, le tout petit. »

Et, sautant de la voiture, elle courut aux enfants, prit un des deux derniers, celui des Tuvache, et, l'enlevant dans ses bras, elle le baisa passionnément sur ses joues sales, sur ses cheveux blonds frisés et pommadés de terre, sur ses menottes qu'il agitait pour se débarrasser des caresses ennuyeuses.

Puis elle remonta dans sa voiture et partit au grand trot. Mais elle revint la semaine suivante, s'assit elle-même par terre, prit le moutard dans ses bras, le bourra de gâteaux, donna des bonbons à tous les autres ; et joua avec eux comme une gamine, tandis que son mari attendait patiemment dans sa frêle voiture.

Elle revint encore, fit connaissance avec les parents, reparut tous les jours, les poches pleines de friandises et de sous.

Elle s'appelait Mme Henri d'Hubières[1].

Un matin, en arrivant, son mari descendit avec elle ; et, sans s'arrêter aux mioches, qui la connaissaient bien maintenant, elle pénétra dans la demeure des paysans.

---

1. *Autrefois, on accolait toujours le prénom de l'époux avant le nom de famille de l'épouse.*

Ils étaient là, en train de fendre du bois pour la soupe ; ils se redressèrent tout surpris, donnèrent des chaises et attendirent. Alors la jeune femme, d'une voix entrecoupée, tremblante, commença :

« Mes braves gens, je viens vous trouver parce que je voudrais bien… je voudrais bien emmener avec moi votre... votre petit garçon... »

Les campagnards, stupéfaits et sans idée, ne répondirent pas.

Elle reprit haleine et continua.

« Nous n'avons pas d'enfants ; nous sommes seuls, mon mari et moi... Nous le garderions… voulez-vous ? »

La paysanne commençait à comprendre. Elle demanda :

« Vous voulez nous prend'e Charlot ? Ah ben non, pour sûr[1]. »

Alors M. d'Hubières intervint :

« Ma femme s'est mal expliquée. Nous voulons l'adopter, mais il reviendra vous voir. S'il tourne bien, comme tout porte à le croire, il sera notre héritier. Si nous avions, par hasard, des enfants, il partagerait également avec eux. Mais, s'il ne répondait pas à nos soins, nous lui donnerions, à sa majorité, une somme de vingt mille francs[2], qui

---

1. *Le langage des paysans est ici spécifié par un vocabulaire tronqué ou approximatif.*

2. *Une somme énorme pour un couple de paysans qui, comme il est précisé au début du texte, gagne difficilement sa vie.*

sera immédiatement déposée en son nom chez un notaire. Et, comme on a aussi pensé à vous, on vous servira jusqu'à votre mort une rente[1] de cent francs par mois. Avez-vous bien compris ? »

La fermière s'était levée, toute furieuse.

« Vous voulez que j'vous vendions Charlot ? Ah ! mais non ; c'est pas des choses qu'on d'mande à une mère, çà ! Ah ! mais non ! Ce s'rait une abomination. »

L'homme ne disait rien, grave et réfléchi ; mais il approuvait sa femme d'un mouvement continu de la tête.

Mme d'Hubières, éperdue, se mit à pleurer, et, se tournant vers son mari, avec une voix pleine de sanglots, une voix d'enfant dont tous les désirs ordinaires sont satisfaits, elle balbutia :

« Ils ne veulent pas, Henri, ils ne veulent pas ! »

Alors, ils firent une dernière tentative.

« Mais, mes amis, songez à l'avenir de votre enfant, à son bonheur, à… »

La paysanne, exaspérée, lui coupa la parole :

« C'est tout vu, c'est tout entendu, c'est tout réfléchi… Allez-vous-en, et pi, que j'vous revoie point par ici. C'est-i permis d'vouloir prendre un éfant comme ça ! »

Alors, Mme d'Hubières, en sortant, s'avisa qu'ils étaient deux tout petits, et elle demanda, à travers ses larmes, avec

---

1. *C'est une somme fixée à l'avance.*

une ténacité de femme volontaire et gâtée, qui ne veut jamais attendre :

« Mais l'autre petit n'est pas à vous ? »

Le père Tuvache répondit :

« Non, c'est aux voisins ; vous pouvez y aller, si vous voulez. »

Et il rentra dans sa maison, où retentissait la voix indignée de sa femme.

Les Vallin étaient à table, en train de manger avec lenteur des tranches de pain qu'ils frottaient parcimonieusement[1] avec un peu de beurre piqué au couteau, dans une assiette entre eux deux.

M. d'Hubières recommença ses propositions, mais avec plus d'insinuations, de précautions oratoires[2], d'astuce.

Les deux ruraux[3] hochaient la tête en signe de refus ; mais, quand ils apprirent qu'ils auraient cent francs par mois, ils se considérèrent, se consultant de l'œil, très ébranlés.

Ils gardèrent longtemps le silence, torturés, hésitants. La femme enfin demanda :

« Qué qu't'en dis, l'homme ? »

---

1. *Avec économie.*

2. *Dans une conversation, détours que l'on prend afin d'éviter un éventuel conflit.*

3. *Pour « paysans ».*

Il prononça d'un ton sentencieux :

« J'dis qu'c'est point méprisable. »

Alors Mme d'Hubières, qui tremblait d'angoisse, leur parla de l'avenir du petit, de son bonheur, et de tout l'argent qu'il pourrait leur donner plus tard.

Le paysan demanda :

« C'te rente de douze cents francs, ce s'ra promis d'vant l'notaire ? »

M. d'Hubières répondit :

« Mais certainement, dès demain. »

La fermière, qui méditait, reprit :

« Cent francs par mois, c'est point suffisant pour nous priver du p'tit ; ça travaillera dans quéqu'z'ans ct'éfant ; i nous faut cent vingt francs. »

Mme d'Hubières, trépignant d'impatience, les accorda tout de suite ; et, comme elle voulait enlever l'enfant, elle donna cent francs en cadeau pendant que son mari faisait un écrit. Le maire, et un voisin, appelés aussitôt, servirent de témoins complaisants.

Et la jeune femme, radieuse, emporta le marmot hurlant, comme on emporte un bibelot désiré d'un magasin.

Les Tuvache, sur leur porte, le regardaient partir, muets, sévères, regrettant peut-être leur refus.

On n'entendit plus du tout parler du petit Jean Vallin. Les parents, chaque mois, allaient toucher leurs cent vingt francs chez le notaire ; et ils étaient fâchés avec leurs voisins parce que la mère Tuvache les agonisait d'ignominies[1], répétant sans cesse de porte en porte qu'il fallait être dénaturé pour vendre son enfant, que c'était une horreur, une saleté, une corromperie[2].

Et parfois elle prenait en ses bras son Charlot avec ostentation[3], lui criant, comme s'il eût compris :

« J't'ai pas vendu, mé, j't'ai pas vendu, mon p'tiot. J'vends pas m's éfants, mé. J'sieus pas riche, mais vends pas m's éfants. »

Et, pendant des années et encore des années, ce fut ainsi chaque jour ; chaque jour des allusions grossières étaient vociférées devant la porte, de façon à entrer dans la maison voisine. La mère Tuvache avait fini par se croire supérieure à toute la contrée parce qu'elle n'avait pas vendu Charlot. Et ceux qui parlaient d'elle disaient :

« J'sais ben que c'était engageant, c'est égal, elle s'a conduite comme une bonne mère. »

On la citait ; et Charlot, qui prenait dix-huit ans, élevé avec cette idée qu'on lui répétait sans répit, se jugeait lui-même supérieur à ses camarades parce qu'on ne l'avait pas vendu.

---

1. *Les accablait d'injures.*

2. *C'est une déformation de « corruption ».*

3. *C'est le fait d'étaler quelque chose que l'on possède.*

Les Vallin vivotaient à leur aise, grâce à la pension. La fureur inapaisable des Tuvache, restés misérables, venait de là.

Leur fils aîné partit au service. Le second mourut ; Charlot resta seul à peiner avec le vieux père pour nourrir la mère et deux autres sœurs cadettes qu'il avait.

Il prenait vingt et un ans, quand, un matin, une brillante voiture s'arrêta devant les deux chaumières. Un jeune monsieur, avec une chaîne de montre en or, descendit, donnant la main à une vieille dame en cheveux blancs. La vieille dame lui dit :

« C'est là, mon enfant, à la seconde maison. »

Et il entra comme chez lui dans la masure des Vallin.

La vieille mère lavait ses tabliers ; le père infirme sommeillait près de l'âtre. Tous deux levèrent la tête, et le jeune homme dit :

« Bonjour, papa ; bonjour, maman. »

Ils se dressèrent, effarés. La paysanne laissa tomber d'émoi son savon dans son eau et balbutia :

« C'est-i té, m'n éfant ? C'est-i té, m'n éfant ? »

Il la prit dans ses bras et l'embrassa, en répétant :

« Bonjour, maman. »

Tandis que le vieux, tout tremblant, disait, de son ton calme qu'il ne perdait jamais :

« Te v'là-t-il revenu, Jean ? »

Comme s'il l'avait vu un mois auparavant.

Et, quand ils se furent reconnus, les parents voulurent

tout de suite sortir le fieu[1] dans le pays pour le montrer. On le conduisit chez le maire, chez l'adjoint, chez le curé, chez l'instituteur.

Charlot, debout sur le seuil de sa chaumière, le regardait passer.

Le soir, au souper, il dit aux vieux[2] :

« Faut-il qu'vous ayez été sots pour laisser prendre le p'tit aux Vallin. »

Sa mère répondit obstinément :

« J'voulions point vendre not' éfant. »

Le père ne disait rien.

Le fils reprit :

« C'est-il pas malheureux d'être sacrifié comme ça. »

Alors le père Tuvache articula d'un ton coléreux :

« Vas-tu pas nous r'procher d't'avoir gardé. »

Et le jeune homme, brutalement :

« Oui, j'vous le r'proche, que vous n'êtes que des niants[3]. Des parents comme vous ça fait l'malheur des éfants. Qu'vous mériteriez que j'vous quitte. »

La bonne femme pleurait dans son assiette. Elle gémit tout en avalant des cuillerées de soupe dont elle répandait la moitié :

---

1. *Signifie « fils » dans certains patois régionaux.*

2. *« Vieux » signifie « parents ».*

3. *Signifie « imbéciles » dans certains patois régionaux.*

« Tuez-vous donc pour élever d's éfants ! »

Alors le gars, rudement :

« J'aimerais mieux n'être point né que d'être c'que j'suis. Quand j'ai vu l'autre, tantôt, mon sang n'a fait qu'un tour. Je m'suis dit : v'là c'que j'serais maintenant. »

Il se leva.

« Tenez, j'sens bien que je ferai mieux de n'pas rester ici, parce que j'vous le reprocherais du matin au soir, et que j'vous ferais une vie d'misère. Ça, voyez-vous, j'vous l'pardonnerai jamais ! »

Les deux vieux se taisaient, atterrés, larmoyants.

Il reprit :

« Non, c't'idée-là, ce serait trop dur. J'aime mieux m'en aller chercher ma vie aut'part. »

Il ouvrit la porte. Un bruit de voix entra. Les Vallin festoyaient[1] avec l'enfant revenu.

Alors Charlot tapa du pied et, se tournant vers ses parents, cria :

« Manants[2], va ! »

Et il disparut dans la nuit.

---

1. *Signifie « fêtaient ».*

2. *Signifie « paysans » mais ici, le terme est clairement employé de manière péjorative par le fils et relève de l'injure du type « grossiers personnages ».*

En famille

En famille *a paru dans la* Nouvelle Revue *du 15 février 1881, puis dans* La Maison Tellier, *la même année.*

Le tramway de Neuilly venait de passer la porte Maillot et il filait maintenant tout le long de la grande avenue qui aboutit à la Seine. La petite machine, attelée à son wagon, cornait[1] pour éviter les obstacles, crachait sa vapeur, haletait comme une personne essoufflée qui court ; et ses pistons faisaient un bruit précipité de jambes de fer en mouvement. La lourde chaleur d'une fin de journée d'été tombait sur la route d'où s'élevait, bien qu'aucune brise ne soufflât, une poussière blanche, crayeuse[2], opaque, suffocante et chaude, qui se collait sur la peau moite, emplissait les yeux, entrait dans les poumons.

Des gens venaient sur leurs portes, cherchant de l'air.

Les glaces de la voiture étaient baissées, et tous les rideaux flottaient agités par la course rapide. Quelques personnes seulement occupaient l'intérieur (car on préférait, par ces jours chauds, l'impériale[3] ou les plates-formes).

---

1. *Synonyme d'« avertissait » ; ici, on dirait « klaxonnait ».*

2. *Qui a l'aspect de la craie.*

3. *Les bus ou tramways à impériale disposent de deux niveaux.*

C'étaient de grosses dames aux toilettes farces[1], de ces bourgeoises de banlieue qui remplacent la distinction dont elles manquent par une dignité intempestive ; des messieurs las du bureau, la figure jaunie, la taille tournée, une épaule un peu remontée par les longs travaux courbés sur les tables. Leurs faces inquiètes et tristes disaient encore les soucis domestiques, les incessants besoins d'argent, les anciennes espérances définitivement déçues ; car tous appartenaient à cette armée de pauvres diables râpés[2] qui végètent économiquement dans une chétive maison de plâtre, avec une plate-bande pour jardin, au milieu de cette campagne à dépotoirs qui borde Paris.

Tout près de la portière, un homme petit et gros, la figure bouffie, le ventre tombant entre ses jambes ouvertes, tout habillé de noir et décoré, causait avec un grand maigre d'aspect débraillé, vêtu de coutil[3] blanc très sale et coiffé d'un vieux panama. Le premier parlait lentement, avec des hésitations qui le faisaient parfois paraître bègue ; c'était M. Caravan, commis principal au ministère de la Marine. L'autre, ancien officier de santé à bord d'un bâtiment de commerce, avait fini par s'établir au rond-point de Courbevoie où il appliquait sur la misérable population de ce lieu

---

1. *Qui perdent leur sérieux.*

2. *« Usés ». Fait référence à leurs vêtements.*

3. *Tissu utilisé dans la confection de matelas.*

les vagues connaissances médicales qui lui restaient après une vie aventureuse. Il se nommait Chenet et se faisait appeler docteur. Des rumeurs couraient sur sa moralité.

M. Caravan avait toujours mené l'existence normale des bureaucrates. Depuis trente ans, il venait invariablement à son bureau, chaque matin, par la même route, rencontrant, à la même heure, aux mêmes endroits, les mêmes figures d'hommes allant à leurs affaires ; et il s'en retournait, chaque soir, par le même chemin où il retrouvait encore les mêmes visages qu'il avait vus vieillir.

Tous les jours, après avoir acheté sa feuille d'un sou à l'encoignure[1] du faubourg Saint-Honoré, il allait chercher ses deux petits pains, puis il entrait au ministère à la façon d'un coupable qui se constitue prisonnier ; et il gagnait son bureau vivement, le cœur plein d'inquiétude, dans l'attente éternelle d'une réprimande pour quelque négligence qu'il aurait pu commettre.

Rien n'était jamais venu modifier l'ordre monotone de son existence ; car aucun événement ne le touchait en dehors des affaires du bureau, des avancements et des gratifications. Soit qu'il fût au ministère, soit qu'il fût dans sa famille (car il avait épousé, sans dot, la fille d'un collègue), il ne parlait jamais que du service. Jamais son esprit

---

1. *Au carrefour, à l'angle de deux rues.*

atrophié[1] par la besogne abêtissante et quotidienne n'avait plus d'autres pensées, d'autres espoirs, d'autres rêves, que ceux relatifs à son ministère. Mais une amertume gâtait toujours ses satisfactions d'employé : l'accès des commissaires de marine, des ferblantiers[2], comme on disait à cause de leurs galons d'argent, aux emplois de sous-chef et de chef ; et chaque soir, en dînant, il argumentait fortement devant sa femme, qui partageait ses haines, pour prouver qu'il est inique[3] à tous égards de donner des places à Paris aux gens destinés à la navigation.

Il était vieux, maintenant, n'ayant point senti passer sa vie, car le collège, sans transition, avait été continué par le bureau, et les pions, devant qui il tremblait autrefois, étaient aujourd'hui remplacés par les chefs, qu'il redoutait effroyablement. Le seuil de ces despotes en chambre[4] le faisait frémir des pieds à la tête ; et de cette continuelle épouvante il gardait une manière gauche de se présenter, une attitude humble et une sorte de bégaiement nerveux.

Il ne connaissait pas plus Paris que ne le peut connaître un aveugle conduit par son chien, chaque jour, sous la même porte ; et s'il lisait dans son journal d'un sou les

---

1. « Réduit, affaibli ».

2. À l'origine, le ferblantier est celui qui fabrique des objets en fer-blanc.

3. Synonyme d'« injuste ».

4. Signifie que, dans leur domaine de compétence, ce sont des tyrans.

événements et les scandales, il les percevait comme des contes fantaisistes inventés à plaisir pour distraire les petits employés. Homme d'ordre, réactionnaire sans parti déterminé, mais ennemi des « *nouveautés* », il passait les faits politiques, que sa feuille, du reste, défigurait toujours pour les besoins payés d'une cause ; et quand il remontait tous les soirs l'avenue des Champs-Élysées, il considérait la foule houleuse des promeneurs et le flot roulant des équipages à la façon d'un voyageur dépaysé qui traverserait des contrées lointaines.

Ayant complété, cette année même, ses trente années de service obligatoire, on lui avait remis, au 1ᵉʳ janvier, la croix de la Légion d'honneur, qui récompense, dans ces administrations militarisées, la longue et misérable servitude – on dit : *loyaux services* – de ces tristes forçats[1] rivés au carton vert. Cette dignité inattendue, lui donnant de sa capacité une idée haute et nouvelle, avait en tout changé ses mœurs. Il avait dès lors supprimé les pantalons de couleur et les vestons de fantaisie, porté des culottes noires et de longues redingotes où son *ruban*, très large, faisait mieux ; et, rasé tous les matins, écurant ses ongles avec plus de soin, changeant de linge tous les deux jours par un légitime sentiment de convenances et de respect

---

1. *Hommes condamnés au bagne ; ici, signifie qu'ils endurent des travaux forcés.*

pour l'*Ordre* national dont il faisait partie, il était devenu, du jour au lendemain, un autre Caravan, rincé, majestueux et condescendant.

Chez lui, il disait « ma croix » à tout propos. Un tel orgueil lui était venu, qu'il ne pouvait plus même souffrir à la boutonnière des autres aucun ruban d'aucune sorte. Il s'exaspérait surtout à la vue des ordres étrangers – « qu'on ne devrait pas laisser porter en France » – et il en voulait particulièrement au docteur Chenet qu'il retrouvait tous les soirs au tramway, orné d'une décoration quelconque, blanche, bleue, orange ou verte.

La conversation des deux hommes, depuis l'Arc de triomphe jusqu'à Neuilly, était, du reste, toujours la même ; et, ce jour-là comme les précédents, ils s'occupèrent d'abord de différents abus locaux qui les choquaient l'un et l'autre, le maire de Neuilly en prenant à son aise. Puis, comme il arrive infailliblement en compagnie d'un médecin, Caravan aborda le chapitre des maladies, espérant de cette façon glaner quelques petits conseils gratuits, ou même une consultation, en s'y prenant bien, sans laisser voir la ficelle. Sa mère, du reste, l'inquiétait depuis quelque temps. Elle avait des syncopes fréquentes et prolongées ; et, bien que vieille de quatre-vingt-dix ans, elle ne consentait point à se soigner.

Son grand âge attendrissait Caravan, qui répétait sans cesse au *docteur* Chenet : « En voyez-vous souvent arriver là ? » Et il se frottait les mains avec bonheur, non qu'il tînt peut-être beaucoup à voir la bonne femme s'éterniser sur terre, mais parce que la longue durée de la vie maternelle était comme une promesse pour lui-même.

Il continua :

« Oh ! dans ma famille, on va loin ; ainsi, moi, je suis sûr qu'à moins d'accident je mourrai très vieux. »

' L'officier de santé jeta sur lui un regard de pitié ; il considéra une seconde la figure rougeaude de son voisin, son cou graisseux, son bedon tombant entre deux jambes flasques et grasses, toute sa rondeur apoplectique de vieil employé ramolli ; et, relevant d'un coup de main le panama grisâtre qui lui couvrait le chef, il répondit en ricanant :

« Pas si sûr que ça, mon bon, votre mère est une astèque et vous n'êtes qu'un plein-de-soupe. »

Caravan, troublé, se tut.

Mais le tramway arrivait à la station. Les deux compagnons descendirent, et M. Chenet offrit le vermout au café du Globe, en face, où l'un et l'autre avaient leurs habitudes. Le patron, un ami, leur allongea deux doigts qu'ils serrèrent par-dessus les bouteilles du comptoir ; et ils allèrent rejoindre trois amateurs de dominos, attablés là depuis midi. Des paroles cordiales furent échangées, avec le « Quoi de neuf ? » inévitable. Ensuite les joueurs se remirent à leur partie ; puis on leur souhaita le bonsoir. Ils tendirent leurs mains sans lever la tête ; et chacun rentra dîner.

Caravan habitait, auprès du rond-point de Courbevoie, une petite maison à deux étages dont le rez-de-
chaussée était occupé par un coiffeur.

Deux chambres, une salle à manger et une cuisine
où des sièges recollés erraient de pièce en pièce selon les
besoins, formaient tout l'appartement que Mme Caravan
passait son temps à nettoyer, tandis que sa fille Marie-
Louise, âgée de douze ans, et son fils Philippe-Auguste,
âgé de neuf, galopinaient[1] dans les ruisseaux de l'avenue,
avec tous les polissons du quartier.

Au-dessus de lui, Caravan avait installé sa mère, dont
l'avarice était célèbre aux environs et dont la maigreur faisait dire que le *Bon Dieu* avait appliqué sur elle-même ses
propres principes de parcimonie[2]. Toujours de mauvaise
humeur, elle ne passait point un jour sans querelles et sans
colères furieuses. Elle apostrophait de sa fenêtre les voisins sur leurs portes, les marchandes des quatre saisons,
les balayeurs et les gamins qui, pour se venger, la suivaient
de loin, quand elle sortait, en criant : « À la chie-en-lit ! »

Une petite bonne normande, incroyablement étour-
die, faisait le ménage et couchait au second près de la
vieille, dans la crainte d'un accident.

Lorsque Caravan rentra chez lui, sa femme, atteinte

---

1. Vient de « galopin », se comporter comme un enfant qui fait des bêtises.
2. Signifie « économie ».

d'une maladie chronique de nettoyage, faisait reluire avec un morceau de flanelle l'acajou des chaises éparses dans la solitude des pièces. Elle portait toujours des gants de fil, ornait sa tête d'un bonnet à rubans multicolores sans cesse chaviré sur une oreille, et répétait, chaque fois qu'on la surprenait cirant, brossant, astiquant ou lessivant : « Je ne suis pas riche, chez moi tout est simple, mais la propreté c'est mon luxe, et celui-là en vaut bien un autre. »

Douée d'un sens pratique opiniâtre, elle était en tout le guide de son mari. Chaque soir, à table, et puis dans leur lit, ils causaient longuement des affaires du bureau, et, bien qu'elle eût vingt ans de moins que lui, il se confiait à elle comme à un directeur de conscience, et suivait en tout ses conseils.

Elle n'avait jamais été jolie ; elle était laide maintenant, de petite taille et maigrelette. L'inhabileté de sa vêture[1] avait toujours fait disparaître ses faibles attributs féminins qui auraient dû saillir avec art sous un habillage bien entendu. Ses jupes semblaient sans cesse tournées d'un côté ; et elle se grattait souvent, n'importe où, avec indifférence du public, par une sorte de manie qui touchait au tic. Le seul ornement qu'elle se permît consistait en une profusion de rubans de soie entremêlés sur les bonnets prétentieux qu'elle avait coutume de porter chez elle.

---

1. *Vient de « se vêtir », vêtement avec une connotation religieuse.*

Aussitôt qu'elle aperçut son mari, elle se leva, et, l'embrassant sur ses favoris :

« As-tu pensé à Potin, mon ami ? »

(C'était pour une commission qu'il avait promis de faire.) Mais il tomba atterré sur un siège ; il venait encore d'oublier pour la quatrième fois :

« C'est une fatalité, disait-il, c'est une fatalité ; j'ai beau y penser toute la journée, quand le soir vient j'oublie toujours. »

Mais comme il semblait désolé, elle le consola :

« Tu y songeras demain, voilà tout. Rien de neuf au ministère ?

— Si, une grande nouvelle : encore un ferblantier nommé sous-chef. »

Elle devint très sérieuse :

« À quel bureau ?

— Au bureau des achats extérieurs. »

Elle se fâchait :

« À la place de Ramon alors, juste celle que je voulais pour toi ; et lui, Ramon ? à la retraite ? »

Il balbutia :

« À la retraite. »

Elle devint rageuse, le bonnet partit sur l'épaule :

« C'est fini, vois-tu, cette boîte-là, rien à faire là-dedans maintenant. Et comment s'appelle-t-il, ton commissaire ?

— Bonassot. »

Elle prit l'Annuaire de la marine, qu'elle avait toujours sous la main, et chercha : « Bonassot. – Toulon. – Né en 1851. – Élève-commissaire en 1871, Sous-commissaire en 1875. »

« A-t-il navigué, celui-là ? »

À cette question, Caravan se rasséréna[1]. Une gaieté lui vint qui secouait son ventre :

« Comme Balin, juste comme Balin, son chef. »

Et il ajouta, dans un rire plus fort, une vieille plaisanterie que tout le ministère trouvait délicieuse :

« Il ne faudrait pas les envoyer par eau inspecter la station navale du Point-du-Jour, ils seraient malades sur les bateaux-mouches. »

Mais elle restait grave comme si elle n'avait pas entendu, puis elle murmura en se grattant lentement le menton :

« Si seulement on avait un député dans sa manche... Quand la Chambre saura tout ce qui se passe là-dedans, le ministre sautera, du coup... »

Des cris éclatèrent dans l'escalier, coupant sa phrase. Marie-Louise et Philippe-Auguste, qui revenaient du ruisseau, se flanquaient, de marche en marche, des gifles et des coups de pied. Leur mère s'élança, furieuse, et, les

---

1. *Reprit son calme.*

prenant chacun par un bras, elle les jeta dans l'appartement en les secouant avec vigueur.

Sitôt qu'ils aperçurent leur père, ils se précipitèrent sur lui, et il les embrassa tendrement, longtemps ; puis, s'asseyant, les prit sur ses genoux et fit la causette avec eux.

Philippe-Auguste était un vilain mioche, dépeigné, sale des pieds à la tête, avec une figure de crétin. Marie-Louise ressemblait à sa mère déjà, parlait comme elle, répétant ses paroles, l'imitant même en ses gestes. Elle dit aussi :

« Quoi de neuf au ministère ? »

Il lui répondit gaiement :

« Ton ami Ramon, qui vient dîner ici tous les mois, va nous quitter, fifille. Il y a un nouveau sous-chef à sa place. »

Elle leva les yeux sur son père, et, avec une commisération[1] d'enfant précoce :

« Encore un qui t'a passé sur le dos, alors. »

Il finit de rire et ne répondit pas ; puis, pour faire diversion, s'adressant à sa femme qui nettoyait maintenant les vitres :

« La maman va bien, là-haut ? »

Mme Caravan cessa de frotter, se retourna, redressa son bonnet tout à fait parti dans le dos, et, la lèvre tremblante :

« Ah ! oui, parlons-en de ta mère ! Elle m'en a fait une

---

1. *Synonyme de « compassion ».*

jolie ! Figure-toi que tantôt Mme Lebaudin, la femme du coiffeur, est montée pour m'emprunter un paquet d'amidon, et comme j'étais sortie, ta mère l'a chassée en la traitant de "mendiante". Aussi je l'ai arrangée, la vieille. Elle a fait semblant de ne pas entendre comme toujours quand on lui dit ses vérités, mais elle n'est pas plus sourde que moi, vois-tu ; c'est de la frime, tout ça, et la preuve, c'est qu'elle est remontée dans sa chambre, aussitôt, sans dire un mot. »

Caravan, confus, se taisait, quand la petite bonne se précipita pour annoncer le dîner. Alors, afin de prévenir sa mère, il prit un manche à balai toujours caché dans un coin et frappa trois coups au plafond. Puis on passa dans la salle, et Mme Caravan la jeune servit le potage, en attendant la vieille. Elle ne venait pas, et la soupe refroidissait. Alors on se mit à manger tout doucement ; puis, quand les assiettes furent vides, on attendit encore. Mme Caravan, furieuse, s'en prenait à son mari :

« Elle le fait exprès, sais-tu. Aussi tu la soutiens toujours. »

Lui, fort perplexe, pris entre les deux, envoya Marie-Louise chercher grand'maman, et il demeura immobile, les yeux baissés, tandis que sa femme tapait rageusement le pied de son verre avec le bout de son couteau.

Soudain la porte s'ouvrit, et l'enfant seule réapparut tout essoufflée et fort pâle ; elle dit très vite :

« Grand'maman est tombée par terre. »

Caravan, d'un bond, fut debout, et, jetant sa serviette sur la table, il s'élança dans l'escalier, où son pas lourd et précipité retentit, pendant que sa femme, croyant à une ruse méchante de sa belle-mère, s'en venait plus doucement en haussant avec mépris les épaules.

La vieille gisait tout de son long sur la face au milieu de la chambre, et, lorsque son fils l'eut retournée, elle apparut, immobile et sèche, avec sa peau jaunie, plissée, tannée, ses yeux clos, ses dents serrées, et tout son corps maigre roidi[1].

Caravan, à genoux près d'elle, gémissait :

« Ma pauvre mère, ma pauvre mère ! »

Mais l'autre Mme Caravan, après l'avoir considérée un instant, déclara :

« Bah ! elle a encore une syncope[2], voilà tout ; c'est pour nous empêcher de dîner, sois-en sûr. »

On porta le corps sur le lit, on le déshabilla complètement ; et tous, Caravan, sa femme, la bonne, se mirent à le frictionner. Malgré leurs efforts, elle ne reprit pas connaissance. Alors on envoya Rosalie chercher le *docteur* Chenet. Il habitait sur le quai, vers Suresnes. C'était loin, l'attente fut longue. Enfin il arriva, et, après avoir considéré, palpé, ausculté la vieille femme, il prononça :

---

1. *Vieux français de « raidi ».*

2. *C'est une perte de connaissance brutale.*

« C'est la fin. »

Caravan s'abattit sur le corps, secoué par des sanglots précipités ; et il baisait convulsivement la figure rigide de sa mère en pleurant avec tant d'abondance que de grosses larmes tombaient comme des gouttes d'eau sur le visage de la morte.

Mᵐᵉ Caravan la jeune eut une crise convenable de chagrin, et, debout derrière son mari, elle poussait de faibles gémissements en se frottant les yeux avec obstination.

Caravan, la face bouffie, ses maigres cheveux en désordre, très laid dans sa douleur vraie, se redressa soudain :

« Mais... êtes-vous sûr, docteur... êtes-vous bien sûr ?... »

L'officier de santé s'approcha rapidement, et maniant le cadavre avec une dextérité professionnelle, comme un négociant qui ferait valoir sa marchandise :

« Tenez, mon bon, regardez l'œil. »

Il releva la paupière, et le regard de la vieille femme réapparut sous son doigt, nullement changé, avec la pupille un peu plus large peut-être. Caravan reçut un coup dans le cœur, et une épouvante lui traversa les os. M. Chenet prit le bras crispé, força les doigts pour les ouvrir, et, l'air furieux comme en face d'un contradicteur[1] :

« Mais regardez-moi cette main, je ne m'y trompe jamais, soyez tranquille. »

---

1. *Personne qui soutient un avis contraire à une autre.*

Caravan retomba vautré sur le lit, beuglant presque ; tandis que sa femme, pleurnichant toujours, faisait les choses nécessaires. Elle approcha la table de nuit sur laquelle elle étendit une serviette, posa dessus quatre bougies qu'elle alluma, prit un rameau de buis accroché derrière la glace de la cheminée et le posa entre les bougies dans une assiette qu'elle emplit d'eau claire, n'ayant point d'eau bénite. Mais, après une réflexion rapide, elle jeta dans cette eau une pincée de sel, s'imaginant sans doute exécuter là une sorte de consécration.

Lorsqu'elle eut terminé la figuration qui doit accompagner la Mort, elle resta debout, immobile. Alors l'officier de santé, qui l'avait aidée à disposer les objets, lui dit tout bas :

« Il faut emmener Caravan. »

Elle fit un signe d'assentiment[1], et s'approchant de son mari qui sanglotait, toujours à genoux, elle le souleva par un bras, pendant que M. Chenet le prenait par l'autre.

On l'assit d'abord sur une chaise, et sa femme, le baisant au front, le sermonna. L'officier de santé appuyait ses raisonnements, conseillant la fermeté, le courage, la résignation, tout ce qu'on ne peut garder dans ces malheurs foudroyants. Puis tous deux le prirent de nouveau sous les bras et l'emmenèrent.

---

1. Fit signe d'acceptation.

Il larmoyait[1] comme un gros enfant, avec des hoquets convulsifs, avachi, les bras pendants, les jambes molles ; et il descendit l'escalier sans savoir ce qu'il faisait, remuant les pieds machinalement.

On le déposa dans le fauteuil qu'il occupait toujours à table, devant son assiette presque vide où sa cuiller encore trempait dans un reste de soupe. Et il resta là, sans un mouvement, l'œil fixé sur son verre, tellement hébété qu'il demeurait même sans pensée.

Mme Caravan, dans un coin, causait avec le docteur, s'informait des formalités, demandait tous les renseignements pratiques. À la fin, M. Chenet, qui paraissait attendre quelque chose, prit son chapeau et, déclarant qu'il n'avait pas dîné, fit un salut pour partir. Elle s'écria :

« Comment, vous n'avez pas dîné ? Mais restez, docteur, restez donc ! On va vous servir ce que nous avons ; car vous comprenez que nous, nous ne mangerons pas grand'chose. »

Il refusa, s'excusant ; elle insistait :

« Comment donc, mais restez. Dans des moments pareils, on est heureux d'avoir des amis près de soi ; et puis, vous déciderez peut-être mon mari à se réconforter un peu : il a tant besoin de prendre des forces. »

Le docteur s'inclina, et, déposant son chapeau sur un meuble :

---

1. Synonyme de « pleurnichait ».

« En ce cas, j'accepte, madame. »

Elle donna des ordres à Rosalie affolée, puis elle-même se mit à table, « pour faire semblant de manger, disait-elle, et tenir compagnie au *docteur* ».

On reprit du potage froid. M. Chenet en redemanda. Puis apparut un plat de gras-double lyonnais qui répandit un parfum d'oignon, et dont Mme Caravan se décida à goûter.

« Il est excellent », dit le docteur.

Elle sourit :

« N'est-ce pas ? »

Puis se tournant vers son mari :

« Prends-en donc un peu, mon pauvre Alfred, seulement pour te mettre quelque chose dans l'estomac ; songe que tu vas passer la nuit ! »

Il tendit son assiette docilement, comme il aurait été se mettre au lit si on le lui eût commandé, obéissant à tout sans résistance et sans réflexion. Et il mangea.

Le docteur, se servant lui-même, puisa trois fois dans le plat, tandis que Mme Caravan, de temps en temps, piquait un gros morceau au bout de sa fourchette et l'avalait avec une sorte d'inattention étudiée.

Quand parut un saladier plein de macaroni, le docteur murmura :

« Bigre ! voilà une bonne chose. »

Et Mme Caravan, cette fois, servit tout le monde. Elle remplit même les soucoupes où barbotaient les enfants, qui, laissés libres, buvaient du vin pur et s'attaquaient déjà, sous la table, à coups de pied.

M. Chenet rappela l'amour de Rossini pour ce mets italien ; puis tout à coup :

« Tiens ! mais ça rime ; on pourrait commencer une pièce de vers :

Le maestro Rossini

Aimait le macaroni... »

On ne l'écoutait point. Mme Caravan, devenue soudain réfléchie, songeait à toutes les conséquences probables de l'événement ; tandis que son mari roulait des boulettes de pain qu'il déposait ensuite sur la nappe, et qu'il regardait fixement d'un air idiot. Comme une soif ardente lui dévorait la gorge, il portait sans cesse à sa bouche son verre tout rempli de vin ; et sa raison, culbutée[1] déjà par la secousse et le chagrin, devenait flottante, lui paraissait danser dans l'étourdissement subit de la digestion commencée et pénible.

Le docteur, du reste, buvait comme un trou, se grisait visiblement ; et Mme Caravan elle-même, subissant la réaction qui suit tout ébranlement nerveux, s'agitait, troublée aussi, bien qu'elle ne prît que de l'eau, et se sentait la tête un peu brouillée.

M. Chenet s'était mis à raconter des histoires de décès

---

1. Synonyme de « malmenée ».

qui lui paraissaient drôles. Car dans cette banlieue pari-
sienne, remplie d'une population de province, on retrouve
cette indifférence du paysan pour le mort, fût-il son père
ou sa mère, cet irrespect, cette férocité inconsciente si
communs dans les campagnes, et si rares à Paris. Il disait :

« Tenez, la semaine dernière, rue de Puteaux, on m'appelle, j'accours ; je trouve le malade trépassé, et, auprès du lit,
la famille qui finissait tranquillement une bouteille d'anisette
achetée la veille pour satisfaire un caprice du moribond[1]. »

Mais Mme Caravan n'écoutait pas, songeant toujours à
l'héritage ; et Caravan, le cerveau vidé, ne comprenait rien.

On servit le café, qu'on avait fait très fort pour se sou-
tenir le moral. Chaque tasse, arrosée de cognac, fit monter
aux joues une rougeur subite, mêla les dernières idées de
ces esprits vacillants déjà.

Puis le *docteur*, s'emparant soudain de la bouteille
d'eau-de-vie, versa la « *rincette* » à tout le monde. Et, sans
parler, engourdis dans la chaleur douce de la digestion, sai-
sis malgré eux par ce bien-être animal que donne l'alcool
après dîner, ils se gargarisaient[2] lentement avec le cognac
sucré qui formait un sirop jaunâtre au fond des tasses.

Les enfants s'étaient endormis et Rosalie les coucha.

Alors Caravan, obéissant machinalement au besoin

---

1. *Personne qui est sur le point de mourir.*

2. *Se rinçaient la bouche et la gorge avec du liquide.*

de s'étourdir qui pousse tous les malheureux, reprit plusieurs fois de l'eau-de-vie ; et son œil hébété luisait.

Le *docteur* enfin se leva pour partir ; et s'emparant du bras de son ami :

« Allons, venez avec moi, dit-il ; un peu d'air vous fera du bien ; quand on a des ennuis, il ne faut pas s'immobiliser. »

L'autre obéit docilement, mit son chapeau, prit sa canne, sortit ; et tous deux, se tenant par le bras, descendirent vers la Seine sous les claires étoiles.

Des souffles embaumés flottaient dans la nuit chaude, car tous les jardins des environs étaient à cette saison pleins de fleurs, dont les parfums, endormis pendant le jour, semblaient s'éveiller à l'approche du soir et s'exhalaient, mêlés aux brises légères qui passaient dans l'ombre.

L'avenue large était déserte et silencieuse avec ses deux rangs de becs de gaz allongés jusqu'à l'Arc de triomphe. Mais là-bas Paris bruissait dans une buée rouge. C'était une sorte de roulement continu auquel paraissait répondre parfois au loin, dans la plaine, le sifflet d'un train accourant à toute vapeur, ou bien fuyant, à travers la province, vers l'Océan.

L'air du dehors, frappant les deux hommes au visage, les surprit d'abord, ébranla l'équilibre du docteur, et accentua chez Caravan les vertiges qui l'envahissaient depuis le dîner. Il allait comme dans un songe, l'esprit engourdi, paralysé, sans chagrin vibrant, saisi par une sorte d'engourdissement moral qui l'empêchait de souffrir, éprouvant même un allégement qu'augmentaient les exhalaisons[1] tièdes épandues[2] dans la nuit.

Quand ils furent au pont, ils tournèrent à droite, et la rivière leur jeta à la face un souffle frais. Elle coulait, mélancolique et tranquille, devant un rideau de hauts peupliers ; et des étoiles semblaient nager sur l'eau, remuées par le courant. Une brume fine et blanchâtre qui flottait sur la berge de l'autre côté apportait aux poumons une senteur humide ; et Caravan s'arrêta brusquement, frappé par cette odeur de fleuve qui remuait dans son cœur des souvenirs très vieux.

Et il revit soudain sa mère, autrefois, dans son enfance à lui, courbée à genoux devant leur porte, là-bas, en Picardie, et lavant au mince cours d'eau qui traversait le jardin le linge en tas à côté d'elle. Il entendait son battoir dans le silence tranquille de la campagne, sa voix qui criait : « Alfred, apporte-moi du savon. » Et il sentait cette même odeur d'eau qui coule, cette même brume envolée des terres ruisselantes, cette buée marécageuse dont la saveur était restée en lui, inoubliable, et qu'il retrouvait justement ce soir-là même où sa mère venait de mourir.

Il s'arrêta, roidi dans une reprise de désespoir fougueux.

---

1. *Vapeurs, gaz émis.*

2. *Du verbe « épandre », qui signifie « disperser une matière ».*

Ce fut comme un éclat de lumière illuminant d'un seul coup toute l'étendue de son malheur ; et la rencontre de ce souffle errant le jeta dans l'abîme noir des douleurs irrémédiables. Il sentit son cœur déchiré par cette séparation sans fin. Sa vie était coupée au milieu ; et sa jeunesse entière disparaissait engloutie dans cette mort. Tout l'« *autrefois* » était fini ; tous les souvenirs d'adolescence s'évanouissaient ; personne ne pourrait plus lui parler des choses anciennes, des gens qu'il avait connus jadis, de son pays, de lui-même, de l'intimité de sa vie passée ; c'était une partie de son être qui avait fini d'exister ; à l'autre de mourir maintenant.

Et le défilé des évocations commença. Il revoyait « la maman » plus jeune, vêtue de robes usées sur elle, portées si longtemps qu'elles semblaient inséparables de sa personne ; il la retrouvait dans mille circonstances oubliées : avec des physionomies effacées, ses gestes, ses intonations, ses habitudes, ses manies, ses colères, les plis de sa figure, les mouvements de ses doigts maigres, toutes ses attitudes familières qu'elle n'aurait plus.

Et, se cramponnant au docteur, il poussa des gémissements. Ses jambes flasques tremblaient ; toute sa grosse personne était secouée par les sanglots, et il balbutiait : « Ma mère, ma pauvre mère, ma pauvre mère !... »

Mais son compagnon, toujours ivre, et qui rêvait de finir la soirée en des lieux qu'il fréquentait secrètement, impatienté par cette crise aiguë de chagrin, le fit asseoir sur l'herbe de la rive, et presque aussitôt le quitta sous prétexte de voir un malade.

Caravan pleura longtemps ; puis, quand il fut à bout de larmes, quand toute sa souffrance eut pour ainsi dire coulé, il éprouva de nouveau un soulagement, un repos, une tranquillité subite.

La lune s'était levée ; elle baignait l'horizon de sa lumière placide. Les grands peupliers se dressaient avec des reflets d'argent, et le brouillard, sur la plaine, semblait de la neige flottante ; le fleuve, où ne nageaient plus les étoiles, mais qui paraissait couvert de nacre, coulait toujours, ridé par des frissons brillants. L'air était doux, la brise odorante. Une mollesse passait dans le sommeil de la terre, et Caravan buvait cette douceur de la nuit ; il respirait longuement, croyait sentir pénétrer jusqu'à l'extrémité de ses membres une fraîcheur, un calme, une consolation surhumaine.

Il résistait toutefois à ce bien-être envahissant, se répétait : « Ma mère, ma pauvre mère, » s'excitant à pleurer par une sorte de conscience d'honnête homme ; mais il ne le pouvait plus ; et aucune tristesse même ne l'étreignait[1] aux pensées qui, tout à l'heure encore, l'avaient fait si fort sangloter.

Alors il se leva pour rentrer, revenant à petits pas,

---

1. *Synonyme ici de « tenaillait ».*

enveloppé dans la calme indifférence de la nature sereine, et le cœur apaisé malgré lui.

Quand il atteignit le pont, il aperçut le fanal[1] du dernier tramway prêt à partir et, par-derrière, les fenêtres éclairées du café du Globe.

Alors un besoin lui vint de raconter la catastrophe à quelqu'un, d'exciter la commisération, de se rendre intéressant. Il prit une physionomie lamentable, poussa la porte de l'établissement, et s'avança vers le comptoir où le patron trônait toujours. Il comptait sur un effet, tout le monde allait se lever, venir à lui, la main tendue : « Tiens, qu'avez-vous ? » Mais personne ne remarqua la désolation de son visage. Alors il s'accouda sur le comptoir et, serrant son front dans ses mains, il murmura :

« Mon Dieu, mon Dieu ! »

Le patron le considéra :

« Vous êtes malade, monsieur Caravan ? »

Il répondit :

« Non, mon pauvre ami ; mais ma mère vient de mourir. »

L'autre lâcha un « Ah ! » distrait ; et comme un consommateur au fond de l'établissement criait : « Un bock, s'il vous plaît ! », il répondit aussitôt d'une voix terrible :

« Voilà, boum !... on y va », et s'élança pour servir, laissant Caravan stupéfait.

---

1. C'est la lanterne à l'avant d'un véhicule, ici le tramway.

Sur la même table qu'avant dîner, absorbés et immobiles, les trois amateurs de dominos jouaient encore. Caravan s'approcha d'eux, en quête de commisération. Comme aucun ne paraissait le voir, il se décida à parler :

« Depuis tantôt, leur dit-il, il m'est arrivé un grand malheur. »

Ils levèrent un peu la tête tous les trois en même temps, mais en gardant l'œil fixé sur le jeu qu'ils tenaient en main.

« Tiens, quoi donc ? »

« Ma mère vient de mourir. »

Un d'eux murmura :

« Ah ! diable » avec cet air faussement navré que prennent les indifférents.

Un autre, ne trouvant rien à dire, fit entendre, en hochant le front, une sorte de sifflement triste. Le troisième se remit au jeu comme s'il eût pensé :

« Ce n'est que ça ! »

Caravan attendait un de ces mots qu'on dit « venus du cœur ». Se voyant ainsi reçu, il s'éloigna, indigné de leur placidité[1] devant la douleur d'un ami, bien que cette douleur, en ce moment même, fût tellement engourdie qu'il ne la sentait plus guère.

Et il sortit.

---

1. *Synonyme de « sérénité ».*

Sa femme l'attendait en chemise de nuit, assise sur une chaise basse auprès de la fenêtre ouverte, et pensant toujours à l'héritage.

« Déshabille-toi, dit-elle : nous allons causer quand nous serons au lit. »

Il leva la tête, et, montrant le plafond de l'œil :

« Mais... là-haut... il n'y a personne.

— Pardon, Rosalie est auprès d'elle, tu iras la remplacer à trois heures du matin, quand tu auras fait un somme. »

Il resta néanmoins en caleçon afin d'être prêt à tout événement, noua un foulard autour de son crâne, puis rejoignit sa femme qui venait de se glisser dans les draps.

Ils demeurèrent quelque temps assis côte à côte. Elle songeait.

Sa coiffure, même à cette heure, était agrémentée d'un nœud rose et penchée un peu sur une oreille, comme par suite d'une invincible habitude de tous les bonnets qu'elle portait.

Soudain, tournant la tête vers lui :

« Sais-tu si ta mère a fait un testament ? » dit-elle.

Il hésita :

« Je... je... ne crois pas... Non, sans doute, elle n'en a pas fait. »

Mme Caravan regarda son mari dans les yeux, et, d'une voix basse et rageuse :

« C'est une indignité, vois-tu ; car enfin voilà dix ans que nous nous décarcassons à la soigner, que nous la logeons, que nous la nourrissons ! Ce n'est pas ta sœur qui en aurait fait autant pour elle, ni moi non plus si j'avais su comment j'en serais récompensée ! Oui, c'est une honte pour sa mémoire ! Tu me diras qu'elle payait pension : c'est vrai ; mais les soins de ses enfants, ce n'est pas avec de l'argent qu'on les paye : on les reconnaît par testament après la mort. Voilà comment se conduisent les gens honorables. Alors, moi, j'en ai été pour ma peine et pour mes tracas ! Ah ! c'est du propre ! c'est du propre ! »

Caravan, éperdu, répétait :

« Ma chérie, ma chérie, je t'en prie, je t'en supplie. »

À la longue, elle se calma, et revenant au ton de chaque jour, elle reprit :

« Demain matin, il faudra prévenir ta sœur. »

Il eut un sursaut :

« C'est vrai, je n'y avais pas pensé ; dès le jour j'enverrai une dépêche. »

Mais elle l'arrêta, en femme qui a tout prévu.

« Non, envoie-la seulement de dix à onze, afin que nous ayons le temps de nous retourner avant son arrivée. De Charenton à ici elle en a pour deux heures au plus. Nous dirons que tu as perdu la tête. En prévenant dans la matinée, on ne se mettra pas dans la commise[1] ! »

Mais Caravan se frappa le front, et, avec l'intonation timide qu'il prenait toujours en parlant de son chef dont la pensée même le faisait trembler :

« Il faut aussi prévenir au ministère », dit-il.

Elle répondit :

« Pourquoi prévenir ? Dans des occasions comme ça, on est toujours excusable d'avoir oublié. Ne préviens pas, crois-moi ; ton chef ne pourra rien dire et tu le mettras dans un rude embarras.

— Oh ! ça, oui, dit-il, et dans une fameuse colère quand il ne me verra point venir. Oui, tu as raison, c'est une riche idée. Quand je lui annoncerai que ma mère est morte, il sera bien forcé de se taire. »

Et l'employé, ravi de la farce, se frottait les mains en songeant à la tête de son chef, tandis qu'au-dessus de lui le corps de la vieille gisait à côté de la bonne endormie.

Mᵐᵉ Caravan devenait soucieuse, comme obsédée par une préoccupation difficile à dire. Enfin elle se décida :

« Ta mère t'avait bien donné sa pendule, n'est-ce pas, la jeune fille au bilboquet[2] ? »

Il chercha dans sa mémoire et répondit :

---

1. *« Se mettre dans la commise » signifie ici « se compromettre ».*

2. *Le bilboquet est un jeu qui consiste à emboîter une boule en bois percée sur un bâton, les deux éléments étant reliés par une corde.*

« Oui, oui ; elle m'a dit (mais il y a longtemps de cela, c'est quand elle est venue ici), elle m'a dit : Ce sera pour toi, la pendule, si tu prends bien soin de moi. »

Mme Caravan, tranquillisée, se rasséréna :

« Alors, vois-tu, il faut aller la chercher, parce que, si nous laissons venir ta sœur, elle nous empêchera de la prendre. »

Il hésitait :

« Tu crois ?... »

Elle se fâcha :

« Certainement que je le crois ; une fois ici, ni vu ni connu : c'est à nous. C'est comme pour la commode de sa chambre, celle qui a un marbre : elle me l'a donnée, à moi, un jour qu'elle était de bonne humeur. Nous la descendrons en même temps. »

Caravan semblait incrédule.

« Mais, ma chère, c'est une grande responsabilité ! »

Elle se tourna vers lui, furieuse :

« Ah ! vraiment ! Tu ne changeras donc jamais ? Tu laisserais tes enfants mourir de faim, toi, plutôt que de faire un mouvement. Du moment qu'elle me l'a donnée, cette commode, c'est à nous, n'est-ce pas ? Et si ta sœur n'est pas contente, elle me le dira, à moi ! Je m'en moque bien de ta sœur. Allons, lève-toi, que nous apportions tout de suite ce que ta mère nous a donné. »

Tremblant et vaincu, il sortit du lit, et, comme il

passait sa culotte, elle l'en empêcha :

« Ce n'est pas la peine de t'habiller, va, garde ton caleçon, ça suffit ; j'irai bien comme ça, moi. »

Et tous deux, en toilette de nuit, partirent, montèrent l'escalier sans bruit, ouvrirent la porte avec précaution et entrèrent dans la chambre où les quatre bougies allumées autour de l'assiette au buis béni semblaient seules garder la vieille en son repos rigide ; car Rosalie, étendue dans son fauteuil, les jambes allongées, les mains croisées sur sa jupe, la tête tombée de côté, immobile aussi et la bouche ouverte, dormait en ronflant un peu.

Caravan prit la pendule. C'était un de ces objets grotesques comme en produisit beaucoup l'art impérial. Une jeune fille en bronze doré, la tête ornée de fleurs diverses, tenait à la main un bilboquet dont la boule servait de balancier.

« Donne-moi ça, lui dit sa femme, et prends le marbre de la commode. »

Il obéit en soufflant et il percha le marbre sur son épaule avec un effort considérable.

Alors le couple partit. Caravan se baissa sous la porte, se mit à descendre en tremblant l'escalier, tandis que sa femme, marchant à reculons, l'éclairait d'une main, ayant la pendule sous l'autre bras.

Lorsqu'ils furent chez eux, elle poussa un grand soupir.

« Le plus gros est fait, dit-elle ; allons chercher le reste. »

Mais les tiroirs du meuble étaient tout pleins des hardes[1] de la vieille. Il fallait bien cacher cela quelque part.

Mme Caravan eut une idée :

« Va donc prendre le coffre à bois en sapin qui est dans le vestibule ; il ne vaut pas quarante sous, on peut bien le mettre ici. »

Et quand le coffre fut arrivé, on commença le transport.

Ils enlevaient, l'un après l'autre, les manchettes, les collerettes, les chemises, les bonnets, toutes les pauvres nippes[2] de la bonne femme étendue là, derrière eux, et les disposaient méthodiquement dans le coffre à bois de façon à tromper Mme Braux, l'autre enfant de la défunte, qui viendrait le lendemain.

Quand ce fut fini, on descendit d'abord les tiroirs, puis le corps du meuble en le tenant chacun par un bout ; et tous deux cherchèrent pendant longtemps à quel endroit il ferait le mieux. On se décida pour la chambre, en face du lit, entre les deux fenêtres.

Une fois la commode en place, Mme Caravan l'emplit de son propre linge. La pendule occupa la cheminée de la salle ; et le couple considéra l'effet obtenu. Ils en furent aussitôt enchantés :

---

1. Ce sont des vêtements en mauvais état.

2. Comme « hardes », vêtements quelconques et usagés.

« Ça fait très bien », dit-elle.

Il répondit :

« Oui, très bien. »

Alors ils se couchèrent. Elle souffla la bougie ; et tout le monde bientôt dormit aux deux étages de la maison.

Il était déjà grand jour lorsque Caravan rouvrit les yeux. Il avait l'esprit confus à son réveil, et il ne se rappela l'événement qu'au bout de quelques minutes. Ce souvenir lui donna un grand coup dans la poitrine ; et il sauta du lit, très ému de nouveau, prêt à pleurer.

Il monta bien vite à la chambre au-dessus, où Rosalie dormait encore, dans la même posture que la veille, n'ayant fait qu'un somme de toute la nuit. Il la renvoya à son ouvrage, remplaça les bougies consumées, puis il considéra sa mère en roulant dans son cerveau ces apparences de pensées profondes, ces banalités religieuses et philosophiques qui hantent les intelligences moyennes en face de la mort.

Mais comme sa femme l'appelait, il descendit. Elle avait dressé une liste des choses à faire dans la matinée, et elle lui remit cette nomenclature[1] dont il fut épouvanté.

Il lut :

1° Faire la déclaration à la mairie ;

2° Demander le médecin des morts ;

---

1. *Ici, synonyme de « liste ».*

3° Commander le cercueil ;

4° Passer à l'église ;

5° Aux pompes funèbres ;

6° À l'imprimerie pour les lettres ;

7° Chez le notaire ;

8° Au télégraphe pour avertir la famille.

Plus une multitude de petites commissions. Alors il prit son chapeau et s'éloigna.

Or, la nouvelle s'étant répandue, les voisines commençaient à arriver et demandaient à voir la morte.

Chez le coiffeur, au rez-de-chaussée, une scène avait même eu lieu à ce sujet entre la femme et le mari pendant qu'il rasait un client.

La femme, tout en tricotant un bas, murmura :

« Encore une de moins, et une avare, celle-là, comme il n'y en avait pas beaucoup. Je ne l'aimais guère, c'est vrai ; il faudra tout de même que j'aille la voir. »

Le mari grogna, tout en savonnant le menton du patient :

« En voilà, des fantaisies ! Il n'y a que les femmes pour ça. Ce n'est pas assez de vous embêter pendant la vie, elles ne peuvent seulement pas vous laisser tranquille après la mort. »

Mais son épouse, sans se déconcerter, reprit :

« C'est plus fort que moi ; faut que j'y aille. Ça me tient depuis ce matin. Si je ne la voyais pas, il me semble que j'y penserais toute ma vie. Mais quand je l'aurai bien regardée pour prendre sa figure, je serai satisfaite après. »

L'homme au rasoir haussa les épaules et confia au monsieur dont il grattait la joue :

« Je vous demande un peu quelles idées ça vous a, ces sacrées femelles ! Ce n'est pas moi qui m'amuserais à voir un mort ! »

Mais sa femme l'avait entendu, et elle répondit sans se troubler :

« C'est comme ça, c'est comme ça. »

Puis, posant son tricot sur le comptoir, elle monta au premier étage.

Deux voisines étaient déjà venues et causaient de l'accident avec Mme Caravan, qui racontait les détails.

On se dirigea vers la chambre mortuaire. Les quatre femmes entrèrent à pas de loup, aspergèrent le drap l'une après l'autre avec l'eau salée, s'agenouillèrent, firent le signe de la croix en marmottant[1] une prière, puis, s'étant relevées, les yeux agrandis, la bouche entr'ouverte, considérèrent longuement le cadavre, pendant que la belle-fille de la morte, un mouchoir sur la figure, simulait un hoquet désespéré.

Quand elle se retourna pour sortir, elle aperçut, debout près de la porte, Marie-Louise et Philippe-

---

1. *C'est le fait de dire quelque chose entre ses dents.*

Auguste, tous deux en chemise, qui regardaient curieusement. Alors, oubliant son chagrin de commande, elle se précipita sur eux, la main levée, en criant d'une voix rageuse :

« Voulez-vous bien filer, bougres de polissons ! »

Étant remontée dix minutes plus tard avec une fournée d'autres voisines, après avoir de nouveau secoué le buis sur sa belle-mère, prié, larmoyé, accompli tous ses devoirs, elle retrouva ses deux enfants revenus ensemble derrière elle. Elle les talocha[1] encore par conscience ; mais, la fois suivante, elle n'y prit plus garde ; et, à chaque retour de visiteurs, les deux mioches suivaient toujours, s'agenouillant aussi dans un coin et répétant invariablement tout ce qu'ils voyaient faire à leur mère.

Au commencement de l'après-midi, la foule des curieuses diminua. Bientôt il ne vint plus personne. Mme Caravan, rentrée chez elle, s'occupait à tout préparer pour la cérémonie funèbre ; et la morte resta solitaire.

La fenêtre de la chambre était ouverte. Une chaleur torride entrait avec des bouffées de poussière ; les flammes des quatre bougies s'agitaient auprès du corps immobile ; et sur le drap, sur la face aux yeux fermés, sur les deux mains allongées, des petites mouches grimpaient, allaient, venaient, se promenaient sans cesse, visitaient la vieille,

---

1. *Porta un coup sur le visage ou la tête de la main.*

attendant leur heure prochaine.

Mais Marie-Louise et Philippe-Auguste étaient repartis vagabonder dans l'avenue. Ils furent bientôt entourés de camarades, de petites filles surtout, plus éveillées, flairant plus vite tous les mystères de la vie. Et elles interrogeaient comme les grandes personnes.

« Ta grand'maman est morte ?

— Oui, hier au soir.

— Comment c'est, un mort ? »

Et Marie-Louise expliquait, racontait les bougies, le buis, la figure. Alors une grande curiosité s'éveilla chez tous les enfants ; et ils demandèrent aussi à monter chez la trépassée.

Aussitôt, Marie-Louise organisa un premier voyage, cinq filles et deux garçons : les plus grands, les plus hardis. Elle les força à retirer leurs souliers pour ne point être découverts ; la troupe se faufila dans la maison et monta lestement comme une armée de souris.

Une fois dans la chambre, la fillette, imitant sa mère, régla le cérémonial. Elle guida solennellement ses camarades, s'agenouilla, fit le signe de la croix, remua les lèvres, se releva, aspergea le lit, et pendant que les enfants, en un tas serré, s'approchaient, effrayés, curieux et ravis pour contempler le visage et les mains, elle se mit soudain à simuler des sanglots en se cachant les yeux dans son petit mouchoir. Puis, consolée brusquement en songeant à ceux qui attendaient devant la porte, elle entraîna, en courant, tout son monde pour ramener bientôt un autre groupe, puis un troisième ; car tous les galopins du pays, jusqu'aux petits mendiants en loques, accouraient à ce plaisir nouveau ; et elle recommençait chaque fois les simagrées[1] maternelles avec une perfection absolue.

À la longue, elle se fatigua. Un autre jeu entraîna les enfants au loin ; et la vieille grand'mère demeura seule, oubliée tout à fait, par tout le monde.

L'ombre emplit la chambre, et sur sa figure sèche et ridée la flamme remuante des lumières faisait danser des clartés.

Vers huit heures Caravan monta, ferma la fenêtre et renouvela les bougies. Il entrait maintenant d'une façon tranquille, accoutumé déjà à considérer le cadavre comme s'il était là depuis des mois. Il constata même qu'aucune décomposition n'apparaissait encore, et il en fit la remarque à sa femme au moment où ils se mettaient à table pour dîner. Elle répondit :

« Tiens, elle est en bois ; elle se conserverait un an. »

On mangea le potage sans prononcer une parole. Les enfants, laissés libres tout le jour, exténués de fatigue, sommeillaient sur leurs chaises et tout le monde restait silencieux.

Soudain la clarté de la lampe baissa.

---

1. *Signifie « faire des minauderies pour attirer l'attention ».*

Mme Caravan aussitôt remonta la clef ; mais l'appareil rendit un son creux, un bruit de gorge prolongé, et la lumière s'éteignit. On avait oublié d'acheter de l'huile ! Aller chez l'épicier retarderait le dîner, on chercha des bougies ; mais il n'y en avait plus d'autres que celles allumées en haut sur la table de nuit.

Mme Caravan, prompte en ses décisions, envoya bien vite Marie-Louise en prendre deux ; et l'on attendait dans l'obscurité.

On entendait distinctement les pas de la fillette qui montait l'escalier. Il y eut ensuite un silence de quelques secondes ; puis l'enfant redescendit précipitamment. Elle ouvrit la porte, effarée, plus émue encore que la veille en annonçant la catastrophe, et elle murmura, suffoquant :

« Oh ! papa, grand'maman s'habille ! »

Caravan se dressa avec un tel sursaut que sa chaise alla rouler contre le mur. Il balbutia :

« Tu dis ?... Qu'est-ce que tu dis là ?... »

Mais Marie-Louise, étranglée par l'émotion, répéta :

« Grand'... grand'... grand'maman s'habille... elle va descendre. »

Il s'élança dans l'escalier follement, suivi de sa femme abasourdie ; mais devant la porte du second il s'arrêta, secoué par l'épouvante, n'osant pas entrer. Qu'allait-il voir ? Mme Caravan, plus hardie, tourna la serrure et pénétra dans la chambre.

La pièce semblait devenue plus sombre ; et, au milieu, une grande forme maigre remuait. Elle était debout, la vieille ; et en s'éveillant du sommeil léthargique, avant même que la connaissance lui fût en plein revenue, se tournant de côté et se soulevant sur un coude, elle avait soufflé trois des bougies qui brûlaient près du lit mortuaire. Puis, reprenant des forces, elle s'était levée pour chercher ses hardes. Sa commode partie l'avait troublée d'abord, mais peu à peu elle avait retrouvé ses affaires tout au fond du coffre à bois, et s'était tranquillement habillée. Ayant ensuite vidé l'assiette remplie d'eau, replacé le buis derrière la glace et remis les chaises à leur place, elle était prête à descendre, quand apparurent devant elle son fils et sa belle-fille.

Caravan se précipita, lui saisit les mains, l'embrassa, les larmes aux yeux ; tandis que sa femme, derrière lui, répétait d'un air hypocrite :

« Quel bonheur, oh ! quel bonheur ! »

Mais la vieille, sans s'attendrir, sans même avoir l'air de comprendre, roide comme une statue, et l'œil glacé, demanda seulement :

« Le dîner est-il bientôt prêt ? »

Il balbutia, perdant la tête :

« Mais oui, maman, nous t'attendions. »

Et, avec un empressement inaccoutumé, il prit son bras, pendant que Mme Caravan la jeune saisissait la bougie, les éclairait, descendant l'escalier devant eux, à reculons et marche à marche, comme elle avait fait, la nuit même, devant son mari qui portait le marbre.

En arrivant au premier étage, elle faillit se heurter contre des gens qui montaient. C'était la famille de Charenton, Mme Braux suivie de son époux.

La femme, grande, grosse, avec un ventre d'hydropique qui rejetait le torse en arrière, ouvrait des yeux effarés, prête à fuir. Le mari, un cordonnier socialiste, petit homme poilu jusqu'au nez, tout pareil à un singe, murmura sans s'émouvoir :

« Eh bien, quoi ? Elle ressuscite ! »

Aussitôt que Mme Caravan les eut reconnus, elle leur fit des signes désespérés ; puis, tout haut :

« Tiens ! comment !... vous voilà ! Quelle bonne surprise ! »

Mais Mme Braux, abasourdie, ne comprenait pas ; elle répondit à demi-voix :

« C'est votre dépêche qui nous a fait venir, nous croyions que c'était fini. »

Son mari, derrière elle, la pinçait pour la faire taire. Il ajouta avec un rire malin caché dans sa barbe épaisse :

« C'est bien aimable à vous de nous avoir invités. Nous sommes venus tout de suite », faisant allusion ainsi à l'hostilité qui régnait depuis longtemps entre les deux ménages. Puis, comme la vieille arrivait aux dernières marches, il s'avança vivement et frotta contre ses joues le poil qui lui couvrait la face, en criant dans son oreille, à cause de sa surdité :

« Ça va bien, la mère, toujours solide, hein ? »

Mme Braux, dans sa stupeur de voir bien vivante celle qu'elle s'attendait à retrouver morte, n'osait pas même l'embrasser ; et son ventre énorme encombrait tout le palier, empêchant les autres d'avancer.

La vieille, inquiète et soupçonneuse, mais sans parler jamais, regardait tout ce monde autour d'elle ; et son petit œil gris, scrutateur[1] et dur, se fixait tantôt sur l'un, tantôt sur l'autre, plein de pensées visibles qui gênaient ses enfants.

Caravan dit, pour expliquer :

« Elle a été un peu souffrante, mais elle va bien maintenant, tout à fait bien, n'est-ce pas, mère ? »

Alors la bonne femme, se remettant en marche, répondit de sa voix cassée, comme lointaine :

« C'est une syncope ; je vous entendais tout le temps. »

Un silence embarrassé suivit. On pénétra dans la salle ; puis on s'assit devant un dîner improvisé en quelques minutes.

Seul M. Braux avait gardé son aplomb. Sa figure de gorille méchant grimaçait ; et il lâchait des mots à double sens qui gênaient visiblement tout le monde.

---

1. Du verbe « scruter », qui signifie « regarder attentivement afin de découvrir quelque chose ».

Mais à chaque instant le timbre du vestibule sonnait ; et Rosalie éperdue venait chercher Caravan qui s'élançait en jetant sa serviette. Son beau-frère lui demanda même si c'était son jour de réception. Il balbutia :

« Non, des commissions, rien du tout. »

Puis, comme on apportait un paquet, il l'ouvrit étourdiment, et des lettres de faire-part, encadrées de noir, apparurent. Alors, rougissant jusqu'aux yeux, il referma l'enveloppe et l'engloutit dans son gilet.

Sa mère ne l'avait pas vu ; elle regardait obstinément sa pendule dont le bilboquet doré se balançait sur la cheminée. Et l'embarras grandissait au milieu d'un silence glacial.

Alors la vieille, tournant vers sa fille sa face ridée de sorcière, eut dans les yeux un frisson de malice et prononça :

« Lundi, tu m'amèneras ta petite, je veux la voir. »

Mme Braux, la figure illuminée, cria :

« Oui maman », tandis que Mme Caravan la jeune, devenue pâle, défaillait d'angoisse.

Cependant, les deux hommes, peu à peu, se mirent à causer ; et ils entamèrent, à propos de rien, une discussion politique. Braux, soutenant les doctrines révolutionnaires et communistes, se démenait, les yeux allumés dans son visage poilu, criant :

« La propriété, monsieur, c'est un vol au travailleur – la terre appartient à tout le monde – ; l'héritage est une infamie et une honte !... »

Mais il s'arrêta brusquement, confus comme un homme qui vient de dire une sottise ; puis, d'un ton plus doux, il ajouta :

« Mais ce n'est pas le moment de discuter ces choses-là. »

La porte s'ouvrit ; le *docteur* Chenet parut. Il eut une seconde d'effarement, puis il reprit contenance, et s'approchant de la vieille femme :

« Ah ! ah ! la maman ! ça va bien aujourd'hui. Oh ! je m'en doutais, voyez-vous ; et je me disais à moi-même tout à l'heure, en montant l'escalier : je parie qu'elle sera debout, l'ancienne. »

Et lui tapant doucement dans le dos :

« Elle est solide comme le Pont-Neuf ; elle nous enterrera tous, vous verrez. »

Il s'assit, acceptant le café qu'on lui offrait, et se mêla bientôt à la conversation des deux hommes, approuvant Braux, car il avait été lui-même compromis dans la Commune.

Or, la vieille, se sentant fatiguée, voulut partir. Caravan se précipita. Alors elle le fixa dans les yeux et lui dit :

« Toi, tu vas me remonter tout de suite ma commode et ma pendule. »

Puis, comme il bégayait : « Oui, maman », elle prit le bras de sa fille et disparut avec elle.

Les deux Caravan demeurèrent effarés, muets,

effondrés dans un affreux désastre, tandis que Braux se frottait les mains en sirotant son café.

Soudain Mme Caravan, affolée de colère, s'élança sur lui, hurlant :

« Vous êtes un voleur, un gredin, une canaille... Je vous crache à la figure, je vous... je vous... »

Elle ne trouvait rien, suffoquant ; mais lui, riait, buvant toujours.

Puis, comme sa femme revenait justement, elle s'élança vers sa belle-sœur ; et toutes deux, l'une énorme avec son ventre menaçant, l'autre épileptique et maigre, la voix changée, la main tremblante, s'envoyèrent à pleine gueule des hottées[1] d'injures.

Chenet et Braux s'interposèrent, et ce dernier, poussant sa moitié par les épaules, la jeta dehors en criant :

« Va donc, bourrique, tu brais trop ! »

Et on les entendit dans la rue qui se chamaillaient en s'éloignant.

M. Chenet prit congé.

Les Caravan restèrent face à face.

Alors l'homme tomba sur une chaise avec une sueur froide aux tempes, et murmura :

« Qu'est-ce que je vais dire à mon chef ? »

---

1. Vient de « hotte » et, précisément, désigne son contenu.

Présentation de l'auteur

Guy de Maupassant est un écrivain français. Il passe son enfance en Normandie, entre la mer et la campagne, des paysages très présents dans l'ensemble de son œuvre. Arrivé à Paris, il travaille dans l'administration publique au ministère de la Marine d'abord, puis au ministère de l'Instruction. L'écrivain Gustave Flaubert le forme comme s'il était son élève. Avec son maître, Maupassant fréquente plusieurs auteurs issus des courants réaliste et naturaliste. Grâce au succès rencontré avec sa nouvelle *Boule de Suif*, il devient journaliste. De nombreux contes et nouvelles sont publiés dans la presse avant de paraître sous forme de recueils. Ses textes racontent la vie quotidienne du XIXe siècle, en s'attachant plus particulièrement à la famille, aux femmes mais aussi à la guerre, à la cruauté et à la folie. Il est également réputé pour son utilisation du registre fantastique dans certaines de ses nouvelles. Devenu riche et célèbre, Maupassant sombre peu à peu dans la paranoïa et termine sa vie malade et à l'écart de la société.

Les dates importantes

1850 : Naissance de Guy de Maupassant, probablement à Fécamp, en Normandie

1880 : *Boule de Suif* (nouvelle)

1881 : *La Maison Tellier* (nouvelles)

1883 : *Une vie* (roman), *Contes de la bécasse* (nouvelles)

1885 : *Bel-Ami* (roman), *Contes du jour et de la nuit* (nouvelles)

1887 : *Le Horla* (nouvelle)

1888 : *Pierre et Jean* (roman)

1893 : Mort de Guy de Maupassant, à Paris

Les grands textes de la littérature
sont dans la collection

AUZOU *classiques*

Poil de Carotte
Jules Renard

« Ce petit toit où, tour à tour, ont vécu des poules, des lapins, des cochons, vide maintenant, appartient en toute propriété à Poil de Carotte pendant les vacances. Il y entre commodément, car le toiton n'a plus de porte. Quelques grêles orties en parent le seuil, et si Poil de Carotte les regarde à plat ventre, elles lui semblent une forêt. Une poussière fine recouvre le sol. Les pierres des murs luisent d'humidité. Poil de Carotte frôle le plafond de ses cheveux. Il est là chez lui et s'y divertit, dédaigneux des jouets encombrants, aux frais de son imagination.

[...] Le dos au mur lisse, les jambes pliées, les mains croisées sur ses genoux, gîté, il se trouve bien. Vraiment il ne peut pas tenir moins de place. Il oublie le monde, ne le craint plus. Seul un bon coup de tonnerre le troublerait. »

À venir !

Jack London

L'Appel de la forêt

AUZOU *classiques*

L'Appel de la forêt

Jack London

« L'assaut final était proche ; le cercle des chiens-loups se resserrait à tel point que leur haleine chaude soufflait sur les flancs des combattants. Buck les voyait derrière Spitz et à ses côtés, les yeux fixés sur lui, prêts à bondir. Il y eut un instant d'arrêt ; chaque animal restait immobile comme une figure de pierre ; seul, Spitz, frissonnant et chancelant, hurlait comme pour éloigner la mort prochaine. Puis Buck fit un bond et sauta de côté, mais dans ce mouvement il avait avec son épaule renversé l'ennemi. »